新江西诗派书系

致里尔克

谭五昌 主编

吴光琛 邓涛 刘建华 副主编

雁西 著

江西高校出版社
JIANGXI UNIVERSITIES AND COLLEGES PRESS

图书在版编目（CIP）数据

致里尔克 / 雁西著 . -- 南昌：江西高校出版社，2024.1
（新江西诗派书系 / 谭五昌主编）
ISBN 978-7-5762-2660-7

　　Ⅰ.①致…　Ⅱ.①雁…　Ⅲ.①诗集—中国—当代
Ⅳ.① I227

中国国家版本馆 CIP 数据核字（2023）第 199179 号

出 版 发 行　江西高校出版社
社　　　址　江西省南昌市洪都北大道 96 号
总编室电话　（0791）88504319
销 售 电 话　（0791）88517295
网　　　址　www.juacp.com
印　　　刷　浙江海虹彩色印务有限公司
经　　　销　全国新华书店
开　　　本　889 mm×1194 mm　1/32
印　　　张　5
字　　　数　105 千字
版　　　次　2024 年 1 月第 1 版
印　　　次　2024 年 1 月第 1 次印刷
书　　　号　ISBN 978-7-5762-2660-7
定　　　价　42.00 元

赣版权登字 -07-2023-743

新江西诗派书系

总序　　2002年4月，时在北京大学攻读文学博士的我在江西赣州举行的谷雨诗会上，以一位青年评论家的敏锐与热情，在发言中大胆倡议创立新江西诗派，以合理继承江西诗派的衣钵，全面整合新世纪（21世纪）江西诗歌（新诗）创作资源，大力推动江西诗歌（新诗）的发展。未曾想到，我创立新江西诗派的倡议在与会的数十位江西籍诗人与评论家当中获得了热烈的响应与一致的支持。就在当年的10月份，由我主编的《新江西诗派》创刊号以民刊的形式问世，一下子推出了四五十位新江西诗派成员的作品，人气之旺盛，令我深受鼓舞，随后得到了诗坛许多有识之士的热情肯定与大力支持。更让人欣喜的是，"新江西诗派"作为一个诗歌流派概念很快被正式收录进百度词条当中。2012年，我联合一些江西籍知名诗人，编选了《21世纪江西诗歌精选》一书，意图总结新江西诗派成立十年来江西籍诗人们（以新江西诗派成员为主体）的创作成绩。该诗歌选本在江西诗歌界产生了广泛而深远的影响，由此凸显了新江西诗派成员们令人瞩目的创作实力。2022年年初，时值新江西诗派创立20周年之际，我萌生了编选"新江西诗派书系"的想法，意在对新江西诗派重要成员的诗歌创作成果，进行集中性的展示，以充分呈现江西作为一个诗歌大省在当下中国诗坛的地域性特色与独特的思想艺术风貌。我的想法很快得到了江西高校出版社的肯定与认可，于是我在2022年上半年便开始着手"新江西诗派书系"（第一辑十卷本）的组稿与编选工作。

这套"新江西诗派书系"（第一辑十卷本）集中推出刘立云、程维、雁西、吴光琛、大枪、邓涛、胡刚毅、王彦山、舒喆、谭五昌等十位新江西诗派代表性诗人的个人诗集。在较大程度上，这十位诗人的诗集呈现出了新江西诗派诗歌创作的群体风格、个性特色与美学格局。由于这套"新江西诗派书系"（第一辑十卷本）着力凸显流派风格与地域特色，可以预见，这套诗歌书系的编选与出版，将充分彰显其独特的审美艺术价值与可能的文学史（诗歌史）价值，从而获得当下中国诗歌批评界与研究界的应有关注与重视。

是为序言。

谭五昌

2022年10月22日深夜写于北京京师园

2023年6月13日改定于北师大珠海校区

目录

第一辑　致里尔克

第二辑　时间情人

第一辑

致里尔克

ZHI LI' ERKE

序诗：黑白的时间，杯子在响

黑白的图片，在翻阅中，我看见了

时间，你的时间。鸣响的杯子

发出轻巧而有节奏的声音

听见了，里尔克，里尔克，她们

是在叫你的名字

卡普里岛上的玫瑰小屋

玫瑰还开着，她们记得你，记得你

为她们写下的诗句

而杜伊诺城堡在沉默

她不想说什么，想说的已被你

写在《杜伊诺哀歌》。哀歌就哀歌

总要告别，总会死亡

哀歌，就算是一种最美的怀念吧

史诗般的人和事

因为你的眼神和诗篇流传百世

领先于死亡、名声和冬天

仿佛一切都未消逝

杯子碎裂之后的哭泣，已经停止

火焰终究化成灰烬

而今天，我在东方的南海边

在灰烬的暗黑中，

在人群躲在房屋里，在空荡荡的大街

我看见了光亮

看见火焰在拥抱你，在升向无垠的空间

一匹马，成为一个诗人

1875 年 12 月 4 日，布拉格
雪刚停的深夜，厚厚的雪在迎接你的
诞生，一个小小的金十字架，挂在你的
小脖子上，祈愿平安和长久
在圣海因里希教堂取了你的名字
沉默而巨大的鱼，从此有了无际的海域
焦虑，沉闷，被巨大而沉默的鱼吞没
空荡而惊恐的街道，没有人
太阳照不见孤独，在各个房间，花朵
和春天一起颤抖，田地，庄园
谁来耕耘，谁来将枝条修剪
"婚约不过是战斗前的祈祷，矿产王国
并不能砸死一个幸福的女人"
神秘之物消失，岌岌可危的神经
体验虚情假意的黑暗。隐蔽的门
轻轻地关上记忆的碎片
每一朵被人带走
的玫瑰，摘走的都是一条生命

爱和祝福在每一个角落微笑

与众不同的日子，"吃像一匹马，睡得像一段木头"

诗琴之弦开始拉响，多少乏味而阴冷的

日子，被这个春天的海水冲走

无论如何，你都将成为一个诗人

紫罗兰色的大海

紫罗兰色的大海，如巨大的绸缎

原本洋溢着激情，很快冷漠疏远

自由的礼物付出了眼泪

伟大和高贵，若黑暗中的流星

头顶的光芒，在照亮

当然没有人会像你，别人也不像你

《宅神祭品》，将布拉格的历史重现

是新浪漫主义在招魂，贫穷又悲惨的生活

也会堆满赞美之花

一间孤独的房子，唤醒了快乐和光明

告别，也是一种重生

死神穿过大街小巷，原本的快乐

瞬间消失

像一粒流星划过

之后长久的黑夜，连在飘的雪

也变成了黑色

快刀，将简洁的爱

变得复杂，声音，沉闷

在一分钟凝结，空气也凝结

在一个地方，海边，你来过

甜蜜渐渐变成腐烂的气味

在伤害，有过的陶醉和花香

你忽然发现深深爱上了她，不想失去她

爱得越深伤得越重

但你还是理解太阳渐渐西沉

因为太阳明天还将从东方来临

那就暂时告别吧

告别，也是一种重生

答案写在时间的密室

墙，对面就是大海，每天不同的

蔚蓝和灰蓝，以及其他蓝

甚至在雾天什么颜色也没有

学着去尊重自然的牵引，放弃偏远的

哨站

净化和纯净，白霜，呼吸到新鲜的

判断力

层出不穷的悲惨，如同今天的病

恐怖，残忍

色彩，在梦中加冕

一个众人聆听的诗人

一个离开尘世，消失在黑暗的诗人

马车前行，别无选择

抛弃一切消遣，投入命运交排的使命

这样的夜晚，感激涕零

背井离乡，穿越峡谷和山川

站在山峰之巅

宁静望日，什么也不想

世界放在一边

我的价值呢？聆听或消失

答案写在时间的密室

你像秋天树下滚动的枫叶

种子，萌动，发芽，成熟

果实，收获

记忆的残片，在阳光下，闪闪发光

渴望家，人类，如梦的现实

降临

人有时可以像神一样伟大

神有时也可以像人一样渺小

你像秋天树下滚动的枫叶

每一片树叶死去，每一片树叶又重生

金色穹顶，预言明天

无限的声音，由于鸟的飞翔

和远方神秘的呼唤

在你的心中，有一座塔楼

多少大雁从塔尖飞起

奔向头顶之上的星空，直到黎明降临

她每天都在找你

天堂之爱已经给了你

千百次的问候，代表了内心的充盈

不应回答，美妙的孤独中

温柔地想你

引领我，回到你和她的花园

醒来的大海，比我早

躺在床上，从窗户望着她，她还是

那么平静，仿佛世界与她无关

或是，一切她都习惯了

薄雾的时光，你倾慕她已久

幻象，记载了昨日时光，是复活

的鲜花唤醒了春天

一场晴天霹雳的疾病，像扔进了大海

玫瑰也沉没了，孤独的海岸

离极乐之福还很遥远

你伸出双手，抓住上天赐给你的

每一秒。她挽着你的手

在靠近群山的寓所与你相爱

身体和灵魂合二为一

唯有爱情是真实的

夏雨，春风，心醉神迷的一切

让你无力抗拒，你说一千条路的

六月夜晚，唯有你在她之中

像鲜花包围了群岛，包围了你的心

即使与世隔离

还有最后一颗微亮的星将你照亮

倘若值得回忆，是一种更高的存在

经过她们坟墓的时候，还会有

发黄的痕迹，尽管不会再有言语

你能触摸到墓碑上的词语

不再是冰冷和僵硬的字眼

啊，此刻，应该赞美，赞美这已逝

的生命，还会令我们怀念

并且深怀感恩，引领我，回到你和

她的花园

彼此安好，各自祈祷安详的节日

我能看见你吗？不，在同一座城市

像隔着千重山万重水

不爱了，也就远了

彼此安好，各自祈祷安详的节日

馈赠，游历，收获成为你

献给各色各样人的赠诗

献给某个朋友和某个倾慕的人

穿过每一个逝去的日子

即使阅尽人世的沧桑，也要坚持

写出那本更大的书

女人和世界，世界和我

布拉格的故事，四季如春

在刺入暮光昏影的佛罗伦萨街道

你就是那尊高高在上的青铜雕像

当然，你将与乔托、米开朗琪罗

薄伽丘、但丁和巨大的宫殿

站在一起，金碧辉煌的永恒之境

足够平静，足够辽阔

你听见深沉的钟声，
让你获得最高的幸运

与世隔绝的花园，就在海边

铁制的窗饰，白色的砾石，满野的

玫瑰，温柔的圣母，少女的祈祷

高居人类之上的巨大穹顶

无须触碰，怀着敬畏

站在一旁，叩响我们的心灵

神秘之物，尤其是死亡

她已经成为一座神庙的灵魂

容光焕发，满怀着对未来的期许

心弦拨响发光的命运，崇高盛大的屋宇

她的存在就是你的道路

你听见深沉的钟声，让你获得最高的

幸运

黑色的琴键在顶峰之间来回波动

关在海边，远离平常世界

祥和寂静的房子，在辽阔的蔚蓝之下

孤独有了翅膀，飞过街道的阴冷恐怖

这个春天

我们紧锁着门和心

烛光摇曳下的阴影，像是死神在晃动

凝重的氛围，形成一幅幅模糊的图像

爱情戛然而止，作为一种惩罚

高远而变幻的庄园，绽放深红的玫瑰

枝条中间蕴含虔诚的力量

荒野的温柔，不可思议

繁星闪烁的夜晚妙不可言

我写下的诗句有了细节和震颤

落叶凋零之际，正是万物的开始

纷乱的风景，影响了我的双眼

优美的线条和天鹅一同落下

在池塘，水中的天使传来喜讯

生命如此神圣，且充满了善意

黑色的琴键在顶峰之间来回波动

守着孤独，从不受打扰的孤独

不！只是刚刚开始

一片朦胧，朝圣者启开天光

祈祷吧，祈祷秋天的时辰收获果实

你也是那个哭泣的倾诉者

那儿任何别的声音都是一场风暴

你在最后一座屋子，向森林致意

远方，小路，究竟还会有什么

恐惧的道路，因为无人通行而消失

像一座纪念碑轰然倒下

像死亡之后响起安魂曲

像一束献给少女的梨花

死亡就是你，像躺下的病者

先是沉闷，再是担忧，再是崩溃

最后是哭泣，直至流到最后一滴泪

这是一生的告别？不！只是刚刚开始

无穷无尽，你的青春留了下来

巴黎浪漫呵浪漫，爱就爱吧

巴黎沉重呵沉重，哭就哭吧

时间从来都不要轻易浪费了

等待，将会发生什么呢？你的焦虑

像罗丹的《思想者》高高在上

在云端的对手微笑着

渴望的一切，在卢浮宫、巴黎圣母院

在卢森堡博物馆，一见如故

也是一见钟情，陌生而又熟悉的城市

到处都是医院，弥漫着疾病和死亡

魏尔伦、波德莱尔，巴黎的忧郁

尽情爱过之后的伤害

盘踞着病痛和死亡的人群

而罗丹是巴黎中心的圆，绕之转动的

月亮皎洁明亮，再次唤醒了激情

嗯，开始工作吧，开始生活吧

艺术，生命最高之美，从焦虑

从一切事物中创造出来，雕塑和诗歌

像天使赠给孩子们的礼物

竖立的花园将地狱之门轻轻掩盖

耀目的白色，华丽的残片

胳膊、腿和躯干，构成非凡的整体

无穷无尽，你的青春留了下来

艺术，是你要找的幸福

黑夜之星，照亮死在异乡的人

一种美的氛围，一个敌手的力量

在同一条道路，像深井中等待水桶的

井水，水桶将水带到阳光底下

她便成为天空和阳光的一面明镜

影像之书，灵感得以重生

巴黎此刻是一座迷失之城

仿佛星星脱离了轨道，冲向未知的碰撞

你说街道比海底还深，树叶在深渊凋零

这个夏天，天堂花园坠落尘世

"谁这时没有房屋，就不必建筑

谁这时孤独，就永远孤独"

一千条铁栅，让黑豹在笼中踱步

丛林植物之外，再没有世界

一个中心，化为乌有

罗丹的雕塑在你的诗行化为纪念碑

渴望与恐惧就是表面浮凸的碑文

你撕裂了那些紧贴的事物

在世界中抬起星光和理想

贫穷与死亡埋在群山粉碎的重压下

祈祷者被拯救出来，黑豹逃离了囚笼

颂歌，在一座祭祀神殿响起

黑夜之星，照亮死在异乡的人

那个另外的世界来临，你无法回返故乡

众多的溪流汇聚一起成为巨河

在最远的地方爱上一个人并受伤

雨滴和雪花，都因为爱上太阳而离去

最糟糕的时光，也是最幸福的时光

再也无法回返起点的纯净

你已经变成一块小小的土地

破碎的，或是废弃的腐烂土丘

危机，深深坠入，年复一年

从未抵达的深渊，不安地四处漫游

众多的溪流汇聚一起成为巨河

不再分散，不再消失，直奔大海

看世事无常，沧桑变化

罗丹的锤子，足以让他成为大师

而你的诗句，足以让你成为大师

你的跟随使雕塑有了诗性的光芒

罗马古迹像容器，容下了你和他的孤独

像你的诗一样在微妙之处

时间像静止了

终于明白：一物可以换一物

一心却不一定可以换一心

她如此凉薄，好又有什么意义

诗的抵达，彼岸在哪

爱花，花终将落；爱月，月也将隐

环顾周围存在的美，喷泉，花园，教堂

孤独的散步，独一无二的博物馆

维纳斯的诞生，交际花之墓

亲爱的上帝的故事及其他

小屋与世隔绝，罗马的二月

从窗口迎接春天的嫩叶

每次见她，你都会旧病复发

白色的大理石，别墅，玫瑰，钟声

尤其是那些笑声朗朗的陌生少女们

曾经召唤过，一段激动无比的插曲

红颜知己，站在繁星之下，鲜花丛中

也会有动物和她站在一起，开心微笑

安静的角落，无比精彩，像远古时的

壁画，最后的晚餐，难以形容的城市

像你的诗一样在微妙之处

踏上航海轮船，继续前行

你的名字就是我的名字

风急雨骤，祝福在甲板上徘徊不定

别人以为你是幻觉，原来她真的存在

你看见她，她却说：不，我不存在

消失了，再也看不见她了

石头和羽毛哪个更重？

没有答案，题目就是答案

抛弃，记恨，忘记，冲突，狂热

野心，梦想，光芒，毁灭，再生

你就是我，我就是你，你一直存在

从空中落下，在冰面看见了你

有太阳却感觉不到温暖，有风，却

感觉不到风的流动

没有时间，没有衰老，没有过去

也没有未来。我总是在找你

找我的故乡，精神家园

人来人往，我可以看见所有的人

所有的人都看不见我

我知道你在，你可以听见我的声音

你的名字就是我的名字

我们共同喜欢一个人，此生无悔

爱神，我是属于你的

坠落，就像时间停在春天的花冠

什么都不争的日子

世界的秘密在你我的诗中

你在她心里，她在你心里，永不分离

草场湖泊田野，都在大地的心上

晴朗抑或虚弱的白天，葱翠抑或幽暗的森林

都说没有生命的森林是魔鬼的眼睛

可哪有没有生命的森林

没有温度地活着，周围都是冰冷的脸

爱没有重来，没有心怎么会开心

忘了吧，失去了，忘了吧，失去了

可是为什么你没有心，一遇见她就有了

神思恍惚，仿佛圣母玛利亚的眼睛

焦虑开始散去，即使危险，也要去爱

像一阵旋风，一个年轻的少女

在河中水花四溅，爱和恨，以及死亡

被河水冲去，剩下完完全全的欢乐

忘却就是无量的安慰，一片树叶的

坠落，就像时间停在春天的花冠

山上的野花比任何一朵玫瑰活得长久

爱神，最怕世上没有你的垂怜

未来的一切，为别人的幸福而幸福

互相忘了吧，就当我们从未相遇

再见，谢谢你，我将不再回来

爱情真的有一天会彻底消逝吗

这一生究竟要花多长时间

又究竟有多长时间让我们去花

再点一支香，燃尽，我就不再等了

爱神，帮帮我吧，让香燃得慢些

倘若不是我的错，请给我激励的玫瑰

在春天的一个月夜，找不到就不走

究竟这个世界什么对我重要

金色，太阳的颜色，众生都想成为天上

天下的主宰

我不会遗憾，想好了，有时也会后悔

泪流不止的时候，大多因为另一个人

山上的野花比任何一朵玫瑰活得长久

心爱的，远远望着，片刻不得安宁

飘然的快意，醉在云雾之中

一旦珍惜便被疏远

世上真的没有不透风的墙？向我射箭的女人终究没有来

和我看见的地方不一样，不是黑夜

是星光满天，我可以在冰川行走

可以在空气上行走

失去自己心爱的人，不能相信有些人

嘴中的言语

无友无自己，一切生灵都将毁灭

人的记忆，其实总会忘

独一无二，在乎所有人

在乎最爱的人　在乎天地万物

想怎么活就怎么活，真爱永随

就是这里，上天的歌在这里响起

蜜蜂飞来，啄开被埋的命运航线

没有爱情的夜晚

星空多亮也会让希望渺茫沮丧

父母在另一个世界也会觉得失望

然而，当我在大海的旁边看见日出

靠在大山的臂膀沉睡

魔咒就一一化解，因为我还怀着爱，在

等待，像一朵花在经历冬天

之后来到春天绽放

蜜蜂飞来，啄开被埋的命运航线

出航，出航！向前，向前！

一息尚存，一刻不息，有爱的生命就

会有一座灵魂的花园

人间，人间！苍白的人间，重燃希望

因为我心里还有祝福

在我的世界没有她也可以，因为我心里
还有祝福

一颗善良的心在宽容什么

奇迹每天都在发生，又好像什么都

没有发生

雨下了一整夜

不是天空的泪，一颗善良的心在宽容

什么

撒下种子，千日红，蓝宝石，阳光玫瑰

湿漉漉的

土地，开出花朵和祝福

没有你，好像一切都消逝了

哦，清凉的三月，春风拂面

传来你的消息

害怕说再见，如果说了也许就再也

不见，就此别过

你要好好的，也许是我错了

没有你，好像一切都消逝了

安慰的时刻悄悄来临

夜以继日，周围的绿枝，鲜花

春天的笑容，星空的迷幻

伟大、高贵和庄严，在世界的每一个

角落，我问候你也问候自己

如此壮丽的时光，花园，池塘里的天鹅

就在旁边陪着我的诗歌

石头上的纹路，在静穆的故乡歌吟

啊，生命触及的永恒

总有一天我会找到，我会明白

告不告诉我没有关系

岁末已过，病痛快结束了

安慰的时刻悄悄来临　我

开始倾听远方，逝去的声音，失去的

爱情，看见星星排列在头顶

她就是我的一切，我要等，等待她

愿这世上没有陌生人，
只有无尽的玫瑰

无尽的玫瑰，可能就是我们活下去

的理由，不，不要说死去的双眼

我怕，怕想象那一刻，无论是谁都不行

我的亲人，朋友，尤其是我爱的人

不要看到，包括我自己

多么残忍的一幕，永不出现

神呵，你不要来，不要

火焰熄灭时不要来，群星坠落时也不要来

我的心脏，承受不起可怕的地下世界

我要无尽的玫瑰，开在眼睛看到的地方

开在我心脏的旁边

开在有人经过的路边

让活着的时间，可以和玫瑰，和她一起绽放

愿这世上没有陌生人，只有无尽的玫瑰

唉，一切都在遗忘，除了爱情和你

像果实之中的果核，被吃之后的

解脱，在窗户之外的墙角

并不窒闷，三月的阳光

如丝绸盖过大地，即可完全地虚度

孤独一人，也是最宁静的幸福

穿白裙子的女孩们

就这样自由自在，和白牡丹一样盛开

我相信一切都会好起来，你说的绝妙的

力量，渐渐结束了病痛

荒芜的春天好了起来

恢复了青春的容颜，娇美的秀色

恐怖散尽，钟鸣在清晨响过梦境

生活映现的欢乐来临

大海的避风港，就在这片果树林

和葡萄园边的深井

唉，一切都在遗忘，除了爱情和你

直到群星陨落，
整个宇宙只剩下我和她

夜幕降临的声响，无限的空间在星空

之外，宇宙的面孔，多么善变呀

最彻底的孤独，是

无法和你说话，眼睛也红了，充血

看到的世界是红色

血液在河流中奔涌

的确，时间修改了命运和爱情

她不再爱我，我还爱着她

我不再爱她，她却又回过头爱我

嗯，过去了就过去了

时空已漂移

找不回原来的地方，原来的她和我

看着群星我知道最亮的那颗是她，最暗的那颗

是我，光能是一样的

是她的距离离我最近，而我的距离离她

最远，矛盾中的徘徊

最终一散百散，直到群星陨落

整个宇宙只剩下我和她

这一刻，我们是世上最幸福的人

我陪着你，死神便没有机会，便会

离去，爱神便会在

生死之后，才知道你待我这么好

一辈子还你

太少，还是生生世世

执子之手，与子偕老

多么好的一天，想要的都降临

水到渠成

若没有你，心便不知游到哪里

你在，心就在，珠联璧合

日月同辉，天地见证

万千孤独，春花带走

悲欢离合又奈何

尽情相守，钟鼓乐之

这一刻，我们是世上最幸福的人

时间的失去，都因为迎接今天幸福的来临

清明傍晚，在十字路口为父母烧纸

泪还是控制不住流下，还是伤心

思念，哀悼，他俩仿佛又回人间

跟他俩轻松说话，我过得挺好的

希望他俩不要牵挂。泪水与失落

玫瑰开了的时候，仿佛我也红了

看见洪江下拉邑烟囱升向云端

我深入的玫瑰有些孤独

长远之计，漫长的道路连接远方

纸灰下的祈祷有着震颤的寂静

春日的清冷，给世界无尽的苍白

紫色的玫瑰，不会被生死阻碍和隔离

我说，清明，却清明不起来

你说，清明，可以体会爱别离的通透

远走，是为了更好地回来

天生的魅力掩饰不住，我想对你说

爱情的语言

亲爱的，一个声音，一而再

再而三地仰慕巴黎微风的纯粹浪漫

时间的失去，都因为迎接今天幸福

的来临

生命的容器其实就这么简单

孤独从来都不会多余

高烧不止的夜晚，巨大的焦虑，带来

恐惧，缠绕，不可名状

你的心被抛到空中

世界变得你不认识，像客死他乡的人

玻璃，透明，碎片

最无奈的时光从另外的世界过来

却回不到来的世界

再次会面是另一种告别

好在坚持，不回头，前行

踏上的正好是拯救之路

你怎么可能让焦虑耗尽你

生命的容器其实就是这么简单

自由，宽容，向着有光的方向

秋天的果实，
结满幸福的微笑和诗意

俯瞰着古罗马广场，辉煌在支离破碎

的残片中叹息，死寂中的沉闷

藏着多少失去、回忆，甚至无法重复

的经典，喷泉、花园和壮丽的长廊

东倒西歪，荒草丛生，巨人倒下之后

像常人一样没有了气息和力量

仿佛维纳斯的诞生珍藏在高大的博物馆

白色的大理石，别墅，玫瑰，钟声

连同一群陌生的少女飞过蔚蓝的天空

再次欣赏达·芬奇的《最后的晚餐》

夏天的芦笋和草莓，用心烘烤的面包

清风徐来，赐给心灵简单至纯的感动

秋天的果实，结满幸福的微笑和诗意

轻轻的风，低语告诉这个世界

一阵遥远的洪水，和时间一起来

轻轻的风，低语告诉这个世界

会的，会变的呀

你的意志力战马不知奔向了何方

已经错过了很多

却注定还要错过和失去很多

像乌鸦的啼声，悲痛失眠

热爱万物，接纳一切

在最低处，与海一起纳百川

泪流不止，永不干涸

在奔腾不息中，你还是你吗

但我可以坚定地告诉你：我还是我

回到原点，也是未来的新起点

彼此孤独的守护者，难以名状的安慰

灵感，源自极难之爱

往事历历在目，在日记里跳跃

每个生命有时都会陷入某种错误

看见了海底深处的鱼

她们没有压力，自由、轻松穿行

这是人间最艰难的一年

迟到也有了理由和理解

记住你诗歌的人，不是你身边的人

我是活在一千零一夜的绿宝石

回到原点，也是未来的新起点

低低俯首，海的诗篇一篇篇传颂

嗷嗷待哺的鸟儿在叫，嗷嗷待哺的

群鼠

也在叫，一场旷日持久的等待

没完没了

那些令人讨厌的虎视眈眈者

目中无人，目空一切

我知道他们装死很久了

在阴影里沉没，像绝望的深渊

也是一场旷日持久的考验

但永恒的美仍是人间的真爱

安静的陪伴带去安慰和温暖

一切都无须说出来，也没有什么可以

代替，走进海边的沙滩

低低俯首，海的诗篇一篇篇传颂

背靠大山，日积月累也会成山

转眼即逝的分界线，划开了生与死

母亲已经离开多年

她的充满爱和理解的眼神一直都在

像夜晚忽明忽暗的星辰

深沉而平和

并不是虚无主义和绝望的福音

所经历的危险自我疗伤

显现令人感动的异常的美

隐秘的词语，照耀不安的感觉

和经受的苦难

转眼即逝的分界线，划开了生与死

静寂中母亲在微笑

给你信心和希望，不再恐惧

如同幻象，如同玫瑰

如同溯河而上的寻找水的起源之旅

如同充满火焰的微妙暗示

出航，可以出航，沿着玫瑰的方向

一场风暴来临，灰暗弥漫

一根救命的稻草，悬在空中

一个芭蕾舞者的雕像，在诗中跳动

起来

从一片巨大的海洋如何出帆？

怎样才可以找到新的方向？

打开一道曾长期紧闭的门

不再沉入睡梦之中

消除一夜夜的烦恼

拥抱，呵，紧紧拥抱大山

森林和一望无际的田野

举起一枝玫瑰

像月亮一样的高度

在未知的天堂大门深情绽放

出航，可以出航，沿着玫瑰的方向

什么都不要了，包括不离不弃的爱情

你名字的秘密在哀歌中

神圣的《时辰祈祷书》，不经意间

成为见证者，你从未停止前行

毫无时间变化的那一段，唯有静心

等待

你喜欢莎士比亚，也有点喜欢歌德

漂浮不定的离别，实属无奈

从《拉奥孔》找到了苦苦寻觅的灵感

清楚地知道，人活着有时会有

多艰难，会有多伤心多无助

难过的眼泪夺眶而出

终于跨出最后一步，不要了

什么都不要了，包括不离不弃的

爱情

你去杜伊诺吧，开心起来

让不可确定的未来顺其自然

坐在那把靠窗的椅子上，
和月光一同睡去

现在，又回到独自一人，找到平静

找到内心的城堡，许多窗户

随风打开

啪啪啪，多好听的声音

美呀，我无须出声

仿佛径直融入了整个宇宙

完全随意而为，完全无所顾忌

清晨林间漫步，露珠儿闪烁眸光

你我一同认为

但丁的《新生》是第一个真实表达自我

那首贝雅特丽齐之死

找回了诗神，尽管爱神没有回头

痴迷的爱情，源自伟大的爱者

你有时并不适应两个人的生活

心灵像药瓶，装什么药给什么人吃

孤独的意义在黄昏时，如夕阳辉煌

"赐予我祝福的顶峰，变成了吞没我的

深渊"

发生了什么，都不是我们可以预料

伤口和遗落的青春，温暖而清晰

坐在那把靠窗的椅子上，和

月光一同睡去

我的光芒和荣耀，唯有宇宙和你

黑暗时开始亮，是太阳目光留下的

爱意，他宽容一切，照耀万物

似自由飞行的痕迹

孤独而幸福的时间之吻

额头上的皱纹，是生命日记，船在

大海中翻过一页又一页

寂静燃烧的黎明，一次次在熄灭中

醒来

从而知晓了尘世的秘密

我的光芒和荣耀，唯有宇宙和你

我们还是如此喜欢这个世界

知了沉闷的声音渐渐小了

落入黄昏的太阳也渐渐不热了

争吵之后的你我，也渐渐安静了

荷花正谢的这个时候，浓密的草丛

割去了，躺在梦之船，游向远方

哦，远方，是什么地方

就一定还会是很美很美的地方？

各种鸟各种声地叫着，静夜里的星辰

也都思念着，这片竹林随着天黑

萤火虫闪闪点灯

我们当然是大地的孩子，在万物静默中

我们也会是天空飘过的云

真是快乐呀，我们活着，停在两座山峰间，满怀依恋

用轻吻祝福一切

不管明天怎么样

我们还是如此喜欢这个世界

仿佛无数的鸟在念你和我的名字

你说的秋日，是夏天还没有

过去，她依然盛装在秋风刮过的田野

忧郁的阴影，唯有酒

浸泡

秋日的丰满似你曾经的深爱

如你所言，是时候了

房子，可以不建了，我已经建好了

孤独，就孤独吧，她从未离开过

睡了就睡了，醒着

就醒着

翻着你写过的日记，就像从林荫道

走过，落叶纷飞

仿佛无数的鸟在念你和我的名字

静静站着，聆听你在风中的诉说

"什么要来了？"

"那是什么？"

静静站着，聆听你在风中的诉说

笔记本，词语，意识

知道是谁来了，清晰的画面从梦中来

把生命交付终极，恐怖的使命

不再回头

不仅仅赞美她，也哀悼她

毁灭，喜悦中的高潮，像天使般飞翔

断裂的琴弦，在夜空中回荡

我泪流不止

我听见了花在静静开放的声音

黑夜和你，和花朵

多么可爱，你就是灵魂之鸟

在暴风雨中，找到自己

找到失散的爱

墓碑上的名字已经淡去

我们的心，在此刻超越了自己

继续吧，好梦，我们前行

仿佛上苍又一次赐予生命日月星辰

度过危机，生命如释重负

仿佛上苍又一次赐予生命日月星辰

时间的马车吱吱嘎嘎上路

曾经多么有力，现在疲惫不堪

但还是穿过了荆棘之林

还是愉悦地栖居灌木丛中

将手伸向蓝天

头靠在一棵参天大树上

内心的冲动与月亮一起游行

回到最初的无忧无虑

孤独，成为最安静的伙伴

什么事都不做了，暂时搁一边

就此停步不前，不也很好？

这是最后的去处，也是最好的去处

做吧，做事吧，该做的事尽早做

时间从来不会等你

往前吧，继续前行吧，你不该

止步不前，风先于你上路了

每一次与她都没有断绝关系

一系列好消息，就像《时辰祈祷书》

岛屿在更简朴的环境中

玫瑰花瓶，还有常青藤、绣球花

孩子的打闹声、麻雀的叽叽喳喳

形成夸张的寂静，重回城堡

回到独一无二的冬天

时光缓缓流动，在与世隔绝的

孤独中，搜寻彼此，难道群星

也有永恒的法则？究竟要与多少人交战

才会踏上正确的道路

奢华，浪费，在人生的舞台，都是

匆匆过客。一场危机像是一根压伤

的芦苇，某个人的爱心甘情愿

曲线运行，飞越宇宙的轨道

进入存在的未来，来到一生挚爱

之人的身边，串起失散的珍珠

像神圣高山上的雨，老去，直到死

五花八门的线路汇于此

这是最后的去处，也是最好的去处

凭借哀歌，向上帝昭示人的无限

来吧，快点来吧，生逢其时

屹立的群峰，像一本厚厚的诗卷

看那云飘了过来

有一朵当然是你

远方的河流正在撕碎自己

而我们坐在楼顶

没有月亮和逝去的影子

你心如顽石，抛出的石子伤人无数

凭借哀歌，向上帝昭示人的无限

生与死合二为一，天使的绿色双翼

停在了你这一边

荒野，越过人类，直抵群星

穿过可见的维度，一个幻象完美

出现。我闻到了创造物的味道

这当然是十足的生命的果实

生存的黑暗面熠熠生辉

浮雕上刻着你我的头像

还活着呢，该是一件多么快乐的事

总会有遗漏，大地如此广阔

你怎么可能彻底翻耕存在的土地

灵感总会在最艰难的一刻来临

什么是永恒？永恒只是难以抵达的梦境

不，不！无论你身在何处

即使两手空空，也会有满意的结局

无所谓错误的离开，也无所畏惧

正在危险之中。像往常一样

时光有着难以言表的希望

你所说的无限的亲近，无与伦比的重聚

到处都是熟悉的人和事

孤独也罢，痛苦也罢

赶紧把忧悒和外套丢在风中

还活着呢，该是一件多么快乐的事

穿过这座热爱的城市

像是在祈祷什么发生

完美的爱情？伟大的诗篇？

整个沉思的空间被邻居的钢琴声

打破，你将孤独和诗篇献给最爱的人

她很久不在你身边，她却像从未离开

神圣的灵感以虚幻的形式微笑

一切都会有方向，包括宇宙万物

包括你我他她

可以吗？就在这一瞬间拥抱一切

蚂蚁，稻草，苹果，瓶子

像塞尚的静物作品，不是为了吃

只是为了艺术，为了价值和好看

丢失，又找到，再丢失，再找到

东奔西跑中谁踩到我？

失去的爱，为什么会听见愉悦的歌

在海中汹涌，你像鱼直扑我的心脏

所有的花园都有玫瑰

每一枝玫瑰都可以找到一首我的情诗

傍晚时分，一只鸟飞过

像在对天空飘过的云和太阳倾诉什么

这场旅行穿过陌生人群

靠近呼唤，靠近令人惊悚的女人身体

习惯黑暗中的沉入

像在一张白纸上写下了回忆

一刀两断，让时间来决断这一次

比玻璃还薄的隔板，将你和疾病隔离

语言乏力，

可以吗？就在这一瞬间拥抱一切

与玫瑰一起就在今夜绽放

如同每天清晨和黄昏都鸣叫的鸟

每个人都会有苦恼的幽灵，出现的

时候，希望落空，爱情变得

无关紧要

坐立不安，心急如焚，刻不容缓

岛屿也出现了

危及你的名誉又算什么

只要诗琴还没被损坏，未来的神就还未离开

尽管彼此也许已经改变，相信改变是

必然，如同镜子

可以照出你也曾迷失的影像

哦，西沉的落日明晨一定会再升起

拥抱，奔跑，飞起

在她的怀中消沉，歌唱融入生命里

无怨无悔，真的有世外桃源

我们完完全全地属于彼此

如同每天清晨和黄昏都鸣叫的鸟

开开心心，一切向好

熟悉，陌生，分手，失去

即使永别，也无关紧要了

闪耀的荣誉与奖杯终将属于你

躺在花丛中，不一定是死亡的葬礼

爱，永远都不可能被磨灭

无限荒凉的沙漠，灰灰的色调

其实就是永恒的色调

俯瞰河流，八月过去了

九月也要过去，心醉神迷，每个昼夜

也在窥视我们内心的隐秘

死亡像最后一页日记并不可怕

轻轻合上的大地和天堂

并不是生命的真正削弱和丧失，相反

理解尘世的命运与生活，意味生命的

本质和完整

温柔的花园，蓝天，红唇，山丘

都将是永恒的见证

飞翔，自由，听见的丧钟

敲碎了孤独的悲叹，敲醒了巴黎和洪江的乡愁

听见的清晰的声音，千万种声音

闪耀的荣誉与奖杯终将属于你

歌颂吧，这开始明媚的前奏和交响

第二辑
时间情人

ZHI LI' ERKE

像晨雾一样亲吻这个世界

这晨雾，是你的吻

吻过了我的谷穗，我的菜地

尤其，我出生的小村庄

最深处的灯，也是

最明媚的土丘，那些正在

落去的桃花和开得正盛的

油菜花

亲爱的，我醒了，在清明

和春天一起醒了，我不再

哀叹

花谢得如此之快，像雪一样

见光就化。不再哀叹落叶落得

如此之快，尽管她曾在

我的手心被焐热，还是像落日

一样沉入海中。也不再哀叹

父亲走得如此之快，咳嗽声

从此不会再响，唯愿他在

另一世界不再牵挂我们

他该好好地为自己过

这晨雾，是你的吻

吻了桃花，吻了落叶

吻了春天，吻了死亡

吻了我厚厚的唇

是呵，那些晨光中的

雾，恰是你我对这世界

最温柔的

爱。有了你，我便有了

全世界

怎么可以不等

流星从天空划过，此刻，正有人被大地掩埋

从小就听说一颗星对应一个人

反之亦然，诞生一个人

便会诞生一颗星

而一颗星和另一颗星会拥抱

一个人和另一个人会相爱

"有些人一旦遇见，便是一眼万年

有些爱情一旦开始，便是那覆水难收"

地铁，人流，木椅，钢琴

你流泪的眼眸，有些沧桑的面容

你的万水千山已逝

可你依然爱

这是活下去的理由

哦，即使夜夜黑暗，心里总有一缕烛光

源自生日

只要琴声还在，就不会绝望

怎么可以不等，等，继续等

直到看见另一个世界，再到又一次

诞生，成为星星

时间头顶上的白雪

从时间的开始到末端

一丝丝忧郁

突因不幸而沉重，身体不自在

甚至是无法解脱的

与死亡有些关联的，尽管

还有些早

但确切地已经开始

头发间，尤其是两鬓开始夹杂着白色

父亲走时开始出来

一些，母亲走时又出来一些

又过了三五年

被月光，被冬天的

雪霜，被时间之手轻轻抚摸的伤口

活着的紧张

看见周围的每一个人都开始紧张

所惊醒的是，太快了，一生如此的

惶恐，灵魂不顾一切地游荡

东南西北

像鸟的翅膀，不再飞翔

在巢中等待

少年从这一刻消逝，找不到了

即使照片，回忆也断片

像当年我从北京回赣南过年时

看见父亲头上的白发

慢慢长在我的头顶上了

年轻人看见我说：你看上去

还很年轻

我知道，安慰，意味着不再年轻

染发，染黑了头发却染不黑时间

每个人，都将老去

但不能白白老去

从海口到洪江　从北京到巴黎

从巴黎再到洪江

那些海水爬过山翻过太阳

变成云

也是时间头顶上的白雪

她们想离我们近些，再近些

一夜之后，早晨变得如此宁静

直到鸟儿醒来之后变得热闹

仿佛世界只属于她们

没有雨的时候，有时会有雾

雾将整个山村虚幻

下雨的时候，有些不同

听不见鸟鸣，她们在躲雨

或者回到她们的家中

当然我很少看见她们藏在哪里

偶尔会看见树枝上她们的巢窝

圆形的，朝天上，也不挡雨

我在想：下雨的时候她们去了哪

记起了小时候村里泥屋墙上

她们会选择高高的墙洞做窝

可以避风躲雨

人们也很少去打扰她们

各自生活，成为闲时的伙伴

现在的水泥房，已经拒绝了她们

她们再也不能在房子里找到地方

可以安家，可以有安全的地方

她们去了哪安家？鸟儿们

这里的老房也在一天天拆去

她们会在离我们不远的树上

叫喳喳，我知道，她们并未走远

她们有时也吃架上的葡萄

树上黄色的枇杷

她们给我一个明显的信号

如果泥屋瓦房还在，没有捕捉和伤害

她们想离我们近些，再近些

甚至成为一生的好朋友

给你——我亲爱的

我们终于回到当初，当初

的太阳、月亮和星辰，当初的村庄

和老树，以及在屋顶上沉默了的瓦片

我们经过了风雨，经过了成长

经过了生离死别，知道了生老病死

可是我们还是向往生

向往幸福快乐的生活

我们紧紧地拥抱在一起

即使有多么难，比如灰天黑地

也会有心灰意冷，但心中还是会有

一道光

会问候和温暖我们

让我们坚持下来，等待回返，或者向前

一起，一起

是的，我不能放弃，在任何时候

做人当然有底线

我们还是相信时间，相信世界

相信美好

唯有这样，有生之年有过的爱

会在一个无人的地方不朽

会化成一朵玫瑰

被人握在手中，深深怀念

一片秋天的树叶可以奏响全世界

似乎是每一个清晨都开始醒来
这是之前不会的
总是有些梦频繁而反复地出现
是记忆重现还是预示什么
还是什么在消逝，或是什么在老化

出现，又消失，清晰，又模糊
秋风，让我成为一个哲人
但决不会是一个老人
在小孩的眼睛里是什么
我想象不出，也无须再去想象
但我的心里，永远装着一个少年
英俊，帅气，怀抱着爱情

上苑的太阳、月亮和星辰
下苑的土地、植物和花朵
柿子，石榴，糖葫芦，海水，云朵
在秋天总是有着异样的光芒

跟世界保持亲密的关系

青春，理想，激情，燃烧

并不会像蜡烛

而是穿过了爱与恨，穿过了生与死

爱，彼此永远地爱着

像空气中的氧气，我们离不开

秋风渗透了一切，当然是包括你和我

不必当心什么

也不必找什么理由去证明，人生

所谓的逻辑，因为一片秋天的树叶

可以奏响全世界

是的，是你逼我对你一见钟情

看见你的那一刹那，时间突然停了

静止了

什么都没有发生，却山崩地裂了

花开得特别艳丽

尤其是一千朵玫瑰

像一千个女人涂满口红的唇

唯有轻轻地吻，不拒绝爱神的深情

是的，是你逼我对你一见钟情

酒与酒的碰撞，星与星的碰撞

眼神变成了核弹

哎呀呀

逃不过的

从没发生的，今天发生了

心没了

沉在天空上的月

在对我说：爱吧，别无选择！

有人真的爱上了你

所以对一切

可以无所畏惧，

如沐春风

也是如沐盛典

我听见了他们在叫我的名字

我知道我的时间在翻过

一本书，一座山

甚至一片竹林

我的面孔也在改变

一些沧桑，一些皱纹

甚至是一些日记被风吹走

像是不知不觉

五十年便翻过去了

可我的心里依然住着一个少年

而不是老态龙钟

当遭遇爱情，依然会看见红苹果

挂在枝头摇摇晃晃

看见孩童

又忍不住摸摸他们的脸

看见真的老人，又会心疼不已

在清晨，会想很多事情

以及相关的人

想到很多曾经活过的人

正在活着的人

屈原，陶渊明，李白，苏东坡

我的一些诗人朋友

我的父亲母亲，我的兄弟姐妹

我的七大姑八大姨

我的一些比较亲近的人

从晨鸟的鸣声中

我听见了他们在叫我的名字

在清晨，我也开始叫他们的名字

来吧，来洪江

一个你梦中去过的地方

一个你来了就不愿意再走的地方

给这个世界一点暖

我总以为，还来得及　关于青春，关于

爱情

关于天空，关于植物的生长

关于死亡的

恐惧。我甚至觉得一切都没变

和周围保持亲密的距离

我把人们当成亲人，可以在阳光下

握手，拥抱

尽管现实总对我说，不，不是这样

这么多年我听不进去

我总以为，还来得及，我还可以

抚摸到一种温度

是心脏，跳动之后的激动、善良和爱意

但求落幕无悔

一句话惊醒梦中人，宽容

豁然开朗

睡得安稳，最简单的日子

在黑夜，为陌生人点一盏灯，或推开

一扇窗

或轻叩其门，自由自在

我想要的，其实就在我心里

也在每一个人心里，珍重，每一秒都

会有祝福，给这个世界

一点暖

好啊，我们生命的每一刻

多么美的玫瑰，一大束玫瑰

一枝一枝分出来，一枝枝

奔跑，微笑，转动

风跟着你舞了起来

烟火，星火

世界也火了起来

是的，我们爱，依然爱

纯洁的，善良的

从唐代延伸到当代，你没有变

也不想变，也不会变

玫瑰给你最爱的人，也给不爱的人

有了你的玫瑰，山川日月都在

流动，翻滚，汹涌

色彩不再需要时间

红白相间

色盲的花园也开始在唱歌

不仅仅是惊艳

好啊，我们生命的每一刻

爱神

我的爱神，我知道，她无处不在

她看着我，看着我的时间

和空间

我的爱神，在我的情诗里游动

她离我最近，无论白天和黑夜

她常常提醒我看月亮

看星星

看稻谷，看寂静的荷花和莲叶

我的爱神

她来自神秘的苍穹

她有时像是一只白鹭，在云中

而一会儿又在田埂

池塘边

我的爱神，有时陪我看大海

我知道，每一朵浪花都是她

汹涌澎湃，风平浪静

她有时就是那只离岸不远

的船，在等我一起出行

我的爱神，就是我的

诗和远方

也是我的玫瑰和正在深爱的洪江

我的爱神

也是我的她

月亮是夜晚思念的灯

时间已经和海水一起游动了很久

安静的沙滩，空无一人

雪白，透亮

海风轻轻温柔地在唱

"你在哪里？你在干吗？你还好吗？"

月光照在海面

鱼儿探出了头，在偷偷看我

我说不清的理由，已经疼痛了

很久很久，并不糊涂

但证明了：你不在了

世上再无你了

任何抱怨都已经无法挽回了

恐慌，不安

世界无奈，无序，无方向了

奔跑，幸福的笑声

已经是昨日

一切仿佛消失得无声无息

再见，六月的燥热

我不再需要北京的消息

月亮是夜晚思念的灯

小暑

这些秘密，对我而言，早已经不是
秘密。在白云轻盖的蓝天
风在写世人从未读过的诗句，爱与
不爱已经没有任何意义
这些秘密和这些诗句，只是因为
一个人和另一个人
跟世界和其他人没有关系
死亡已经远离，时间已经不存在
湛蓝变动的海水什么都不应说
她早已说过，无须再一次重复
像酒在杯中诉尽了悲欢
像花朵盛开之后的泪水，没有祈求
已经得到了所需要的一切
苦难，误读，背离，隐去的黑暗
都将被这一天的来临改变，这一天
收藏了这些秘密和这些诗句
船在海中间停泊：停在了最佳方向

飞蛾

她为什么扑向光？

落地灯很亮，我正在读诗

她落在了我的床头

用手轻轻将她温柔地托在手心

我怕她像前天的飞蛾一样不要命

撞向我的落地灯

飞蛾，也许不是为了重活

她不知道光是锋利的剑

也不知道自己的灯，就可以照亮别人

萨福

唯有在深夜我才知道森林的神秘

鲜花的郁香在冰冷的窗框留下暖流

呼吸在一束光里传过苍穹

你的目光和月光一同流泻

河流，诗歌，猎人，都将继续

和日月星辰生活在这个世界

为爱殉情而死，整个身心倾注

无须纪念，某种奇异的流言散尽

有爱就与我们同在，头像镌于银币

萨福令人信服和忠诚

即便战争分成两边的人和人

巨大的坟场，死亡也沉默

最后一星不灭的磷火

便是她不死的目光和魂灵，悬崖上的

萨福就是高空上那枚月亮

我感动于生命某个瞬间的妙不可言

心死了怎么活？月亮的表情永远是微笑的脸

叶子落下去的时候，无怨无悔，有些人有些事，还是相忘于

江湖，见与不见又有何妨，从容之后明白爱情是什么

微弱的光，让我走出了黑暗，一生的时间究竟会有多少？

诗是我的红颜，红颜就是我的江山。风寒露重，心里只有你

一个模糊不清，却又挥之不去的背影

"愿得一人心，白首不相离"

我感动于生命某个瞬间的妙不可言

洪江之晨

静得所有的声音都可以听见

在地球的这个特定的位置和特定的时分

各种鸟鸣、清新的空气

树枝、花朵

鱼塘和碧绿一片的稻田、百香果

有时好像走在梦境

似一缕青烟，不，应该是薄雾

绕过尘世的纷繁

安然，忘掉所有的烦恼

无须做什么

坐在小院的凳子上，枣红色太阳伞下

或躺在床上懒洋洋不愿起来

鸡叫声格外的响

但有时不知名的鸟儿在窗外

唱歌，不，像在吹口哨

万物醒了

半睁着眼，朦朦胧胧

宇宙无限，也有看不尽的孤独

而这一刻，无须说什么，写什么

只是多么地幸福呵

岛上的阳光

必须经过海经过船才可以抵达，必须

经过停顿、静止和反思

一段时间的回望，谷雨，有泪

有忧伤的不解和无奈

当然也会有意外的惊喜和暖意

这就是人生？今天的阳光，经过风

经过一群群人的打量

包括一朵朵玫瑰的献礼

在进入一个岛，曾经无人，也无神

从天上飘过的云，看见神的幻影

从过往而擦肩的女人看见

那些曾经有过的往事

一路上停停走走

茂密的丛林，尤其是紫竹丛林

看见一个个店面，热气腾腾的各种

小吃，东来北往的春夏秋冬

每年经过，在这个特别好的日子

我放下了过去的一切

与你相约，以后每年这个时间来

放下尘世间的纠结

像云，像烟，像海水，因为你

自由而开阔

一定?!

一定有人在海边望着夕阳

沉入海里，余晖惊艳了黄昏

一定是有原因

之前的种种语言和行为

超过了判断和理性

一定有动物在森林里

穿入洞穴，深处的寂寞，像死亡

之后

都在死去

生命和时间终将躺下

一定是失去了，尽管曾经深深迷恋

而如今

无奈地等待

得到什么已经不重要

去哪在哪，都一样

踩着铺满金色的沙滩

我想郑重其事地告诉你

一个人如果失去善良与美意

即使站在高山之巅

他也是矮小的

月光，是今夜我要写给她的诗

今夜在海口，面朝大海，我们

尽情歌唱，这个月亮挂在上空

离我们仿佛只有一百多米

酒醉摇晃的幻觉

将手伸向你，我的月亮

想寻回那些有她的夜晚

星星闪熠，众星拱月的夜晚

红唇烈焰的夜晚，潮声

和歌声陪伴的夜晚

有她读诗的夜晚

只有我和她的夜晚

她给我留下的全是美好

在世上，最美的夜晚

只记得美好，对不开心的事健忘

嗯嗯，在一起，很幸福

我的亲人，我的家

啊，月亮，月亮

此刻你就是我的心

快将她照亮，将她照亮

但愿以后皆是美好、温暖

月光，是今夜我要写给她的诗

海口上空的云

云厚厚的，想起了，第一天

抵达巴黎，像油彩涂在天空

哦，多美啊！一幅幅世界名画

名画源于天上

无须用心良苦，只需灵感流云

只需草迎风舒展，夏日里

和你相爱于千里万里的椰子树林

生命将美酒和诗一饮而尽

今日海口上空的云图，以及

这轮挂在清澈淡蓝上空的圆月

久逢的甘露

爱上之后的礼物

我知道，这不是简单的云彩

是时间之河，洗出的百鸟朝凤

海南也有巴黎的浪漫与抒情

每一粒沙都是一只萤火虫

暗夜中的海边，沙滩上的沙粒

散发微光，仿佛无数萤火虫在沙粒中

不，每一粒沙都是一只萤火虫

海风，打开了通向大海的门

看见了大海门里的无尽光亮

父亲母亲，以及我生命中知晓的前人

比如陶渊明、苏东坡、普希金、里尔克

等等，我仰慕的星辰，他们的魂灵

存在于大海之中

我站在海之门，玫瑰落在我的头顶

这是一生中最特别的时刻

年过半百之后，已经送很多人离开

生和死之间的秘密无须解释

谁走谁留谁也不知道

看到他们离去之后的空旷与茫然

那些过往珍藏在飘落的泪水中

忍不住埋在双手里，我是有些疼痛

他们在影响着我的领悟和心境

在让我离永远越来越近

离那个最好的自己越来越近

海风中

你问我此刻写了什么

我告诉你吧

海风中的呼吸，夹着雨滴

像鱼腥味的思念

日积月累的味道，整个沙滩弥漫

和你的长发掠过晴空

冬季的冷吹不到这里，北方的海

和南方的海

北方人和南方人。不同的温度

和性情

北方大雪纷飞，冷得抖索

南方椰风暖意，叶子仿佛还在春天

尤其是你发来的照片

也是在海边，阳光，缤纷的衣裙

美，性感，活力，满满的希望

瞬间的永恒

但你要明白时间依然稍纵即逝

年轻美貌的你，旋即老去

见与不见？希望见

想念的痛在发丝中哭泣

拥在怀中

像白雪公主和王子的舞步

醒了窗外的花和树，醒了海浪

和潮汐

西海岸

这是海南海口的西海岸

从来都看不透也看不够

那面镜子般的脸，在折腾时的欢愉

悲愤。从不低头和放弃

阳光和帆群

鱼跟着一起穿行，断了归途

海平静的时候，并没有停止呼吸

她在倾听

倾诉海鸥飞翔的声音

也是在思念某个不能忘却的人

所有的都那么明媚

巨人的身影如巨浪沉入静穆

直至月光的柔情，映衬太阳的俊朗

人生起点终点，经久不息

朝向爱，来来回回

我不再需要答案

因为这是雁西的海岸

玫瑰也开了

在夏日的中午，槟榔树垂下头发

像你午睡时的眼睫毛

一分分过去

我数着时间的脚步声

知道你近了

已经等待了多少时日

爱情，像太阳要烤焦我的心

知道你正在路上

穿过乡村原野与稻香

风和树都站在门口

要冲破这沉闷

陪着我等这场雨

这场为你我而下的暴风雨

洗亮天空　　洗亮我们的日子

玫瑰也开了

海面上的两只飞鸟

比翼双飞

一会儿飞得很高，一会儿贴近海面

有时掠过海水

说说笑笑　情意绵绵

在自由自在中

没有祈求

不惧风暴，不惧海啸

心中有爱，其他不在话下

当然会有忧伤，甚至是绝望

但在这里可以倾听大海的歌声

和飞鸟一起

向着风浪，也向着阳光

多好的白云，多蓝的天空

在心灵深处，在潮水涌动中

我们不仅仅是一朵浪花，也不仅仅

是一只鸟，一定还会是一条鱼

一朵永开不败的玫瑰

大海呼唤你的名字

时间来到了这里，潮声响起

来吧，生活在这里，大海呼唤你的名字

大海将纷纷扰扰，恩恩怨怨

——清洗

也席卷了我们的泪水和诗行

不被是非侵扰，远离喧嚣和浑浊

由此，更加清楚东南西北

没有什么可以阻挡

自由，开阔地向南飞

在此有梦，有椰树

在此有大海的歌声和誓言

海潮中飞跃的鱼群中

有你有我

飞入纯净，飞入光芒，飞入永恒

在天涯海角相约相聚相爱

沿着鹿回头的路

回眸短暂的一生，无怨无悔

倾听大海敲击飞浪的音律

奋斗在这里

这也是生命最终的分享

旗帜，信心，力量

直到风平浪静

直到死亡没有哭泣，直到梦想成真

一切重新开始

在海边，我们又一次扬帆起航

当然

当然，我们约会过，只是时间渐渐删除了

删除了就删除了

月光里的小屋，酒香弥漫了整个空间

朦胧的迷雾，你的眼睛

我的蛇穿过了丛林，风紧紧跟随

这个时间的黑暗，是爱情的掩护

什么也不等，也不想

石头，窗户，床头，油画

风景全部消失

峡谷，山峦

你和我是在地平线上的月亮和太阳

万物不再发出声响

唯有你，吞噬着银河里的每一颗星星

还有谁像我们这样热爱生活

很多这样的时刻

在喝得有些偏多，也有些醉意时

像前行的火车难以停下

仿佛自己真的有海量

拿起酒杯，轻松一碰

便倒入了海中

当然是因为与你重逢

或是遇见一个跟你差不多的人

从来没有自己一个人喝酒

喝多的时候总是

有一个千杯不醉的你，千杯

有你相陪

才可以

认识你，便认识了大海

多想就这样坐在海边，或在

巴黎，或在洪江

与你不停举杯

不管桃花飘落，不管爱情经过

不管天空渐沉

中年又怎样？老年又如何？

此刻，我们忘记了时间

有两个酒杯，杯中有阳光，有月光

有诗情

还有谁

像我们这样热爱生活

醉了千秋也无妨

说不说再见都已经再见了

说声再见并不难，但就是说不出口

喜鹊在苹果树上叫

青苹果有些晃动

喜鹊叫喜，她是在告诉我什么喜讯？

她知道我在窗户里

正翻开一本书

我的过去都在这本书里

也有几只喜鹊在柿子树上

苹果，柿子

这只喜鹊，那只喜鹊

不是同一只，又是同一只

我想起了一块陨石，以为是星星的泪

捧在手上，也听见喜鹊的叫声

令我的心情突然明媚

喜鹊，在告诉我

最难的时光过去了

来吧，在九月，喜讯传遍整个院子

说不说再见都已经再见了

听《春江花月夜》

今夜什么都有了，多美，你和我

静静地体味

江水流了多少里不知道，月亮照了

多少夜不清楚

你我在这

千万里的潮水中涌动和浮沉

生命拥有此刻，足矣，已无憾

江天一色可能会年年相似

江月说的话白云可能会忘记

流水别了长江

你和我终将在大海相会

鸿雁西来，从此，乘月落月，心无

旁骛，只缘心中有你

赣水系

四月，我看见那曾苍茫的赣江

两岸开满了花，那是春天含情脉脉

还不曾离去，她久久地凝视流逝的江水

星光熠熠，天上银河之星的

光落入这里

远方，星星，诗在这里

小时候，池塘边，斗宿小学

我的田野，母亲及亲人

在星河交汇之中。在这迷人的四月

我在海边，就像在赣水系

对望，握手，拥抱，时空已没有了

距离

捧着书，躺在田埂

或是屋背的草坪，数着一颗一颗的星星

直到满天都是

将故乡的风

和原色，那份朴素的情感唤醒，在一分一秒地打动我

赣江的水一滴一滴浇在心里

啊，怎能不爱你呢

除了爱，我还能说什么

我好像听见了你均匀的呼吸声

鸡叫声中，依然可以听见

你已经醒来，田野上的稻草人

正在守护着黎明，我知道，日渐出

洪江的美好一天又要诞生

庆幸生命如此丰盈

这里仅仅一天，便会获得一生

回返原乡，我们的初心

在各种昆虫的鸣叫中

回到日记，像电影重放

我听见了苍穹，甚至更无际

万物的涌动与和声

是的，多么神奇，犹如月光

一条时间的波涛，在静静流淌

除了爱，我还能说什么

印象森林

鸟鸣，叫醒了整个早晨

白雪公主，还在梦中

揉揉眼睛，已经在春天的嫩芽里

整个森林在唱歌了，一切都苏醒了

深呼吸，我就这样沉浸在幸福里

而清风，在念着每棵树的名字

椰树，槟榔，杧果，木瓜

尤其是波罗蜜，腹中写满了情书

甜蜜，谁吃了谁就会遇见梦中情人

印象中的森林

静穆，长久，歌声，分享

回到森林，就是回到家

万物在歌唱

说不清楚

什么词语仿佛都不能准确传达

我的激动与欣喜来自内部

无法彻底描绘她有多美

就像她每天的云彩，同一片云彩

隔上几分钟又不一样

同一个地方，总出现不一样的云彩

尤其是晴天，阳光灿烂时

诗的语言，呈现时间的笑容

也像银河的波纹，星星挂在上面

清澈的目光，安详，宽容

即使没有月亮

透亮的空气，也会在路面发光

驼峰，溶洞，竹林，像翻不尽的词典

深不可测，深不见底

这里的万物，在唱歌

"江南"

"江南"，我心中的"江南"

不是众人和乾隆记述的江南

不是老乡诗人北城描写的六月里你不要来

雨丝绵绵、情丝绵绵的，最美的江南

那些美轮美奂，那些莺飞草长，那些盛开的万紫千红的花，那些小船荡漾风物

那些胭脂染过的秦淮，那些被水洗过月亮的江南，那曾被千古绝唱的

谁不忆江南？

不，不是这些，我心中的"江南"

更不是方位上的江之南，是一个名字分解

之后的浓缩，她是爷爷奶奶的家，是父亲母亲的家，是哥哥弟弟的家

是我在外还要念叨回去的家

我所说的"江南"，是我出生的地方

江西南康。她衣着不华丽，面容不娇艳。她平凡，朴实无华

是我永远的"江南"，谁不忆"江南"？是我忆的

"江南"

在洪江的一天

我在洪江的每一天，都不一样

下雨，阳光，雾天

在田埂，散步或轻跑

听见风声、鸟鸣和蛙叫，夏天也会有

长久的知了吟叹

有时和村民一起修房，种菜

看着油菜花，看着稻田一天天金黄

荷花从春天穿过夏天秋天冬天

我告诉自己，这样很幸福

仿佛回到童年和故乡再活一次

却又真的不同

我已经渐渐忘记了很多烦心的人和事

我试图绕开它们

在窗前安静地写作中

我感觉到了天、地、人

和爱情的真实

在这里欢乐和劳作

或串串每个艺术家的门

日子便灿烂起来

当然也会为了透口长气，站在高处

楼顶，半山腰

往远方看，是山又不是山，往天上看，天就是天

星星，月亮，太阳都还在

我的秘密却已经不在了

我不再有秘密了

让我一直伤心的时间

她不再伤我

她好像从村里的水井离开了

静静的洪江

一座连着一座的山，一定都有名字，却又

不需要名字

每天望着他

他静静地望着我，我和他仿佛早已相识

没有任何语言，对望时

树丛是他的衣裳，春天的颜色多姿多彩

我呢，可以读懂他

彼此欣赏

太阳照耀的时候，花的香气浓郁

细雨绵绵的天气

一首首情诗在雾中隐藏

爱呀，高山围着，就在这块平地

洪江蜿蜒在群山之中

竹林无语，在那儿，夜色之中

降临着的月光。那儿，田间的蛙声，还

在怀念母亲

愉悦的身影

是生命历久弥新的故事

九月

我不知道你如此精心

细微到整个夏天的

每一缕阳光

月光，枝头上的红叶

还有那两只可爱的小狗狗

一起在为九月，也为我

和亲人们准备迎接的礼物

但八月匆匆离去了

树叶，在草地上有些倦意

有一些都好像沉沉睡去了

雨下在别处，泪留在心里

尤其那份久久不散的

思念和期待

是的，我是有些爱你

不是我想不想，是爱一直

不愿离去

八月结束了，九月开始了

雨一定会下

在绝美之城，我不绝望
我将继续等你，用剩下的
善意和平凡
一场平静的，当然是悄悄的
风暴正从远处的海面袭来

一封信在台风中飘舞

每年都会有大小不同的台风

听着雨

那些台风横扫树枝，折断

无数，街道零乱的遗痕

可是

玫瑰还在

一直盛开在天地间，思念不断

玫瑰就不断。台风来的时候

什么地方都不去

就在家里，一封信在天地间

飞，就让思念静静散开

随台风飘舞

从此，你是我的唯一

唯一，唯一的思念

因为雨、台风和你

爱情有了新生命，那些倒下的

树枝，哭过之后，在等待

另一个春天的

开始，嫩叶，伸出小手

雾

雾薄薄地披在你的头上，帐纱

掀开了新的一天

你在哪？什么让你离开了

习惯了这里，却要离开，你一定

哭了，百般无奈

谁听见了？森林深处，滔滔江边

听说你是在雾中消失的

在同样的这一个清晨，你删除了

这里所有熟悉的名字，最好的朋友

这生命中段的断桥

谁救你出深渊的无尽暗波？

你也曾想到离开

但还有一种力量

让你坚持，让你静下来听另一种

声音，鸟哗啦啦地飞向阳光

失联的高架桥上，我看不见你

看不见青春河岸的翠枝

难道你失忆了

难道你真的是不愿再想起

这里，曾经是你深爱的家呀

这个依然深爱你的人

是你忘不了他，还是你

彻彻底底将他埋在你的心底

不想让世人知道他，也不让自己

再看见他

不知道下次见是什么时候

在燕京山脉的一个小山坡下

枣树，黄瓜，其他蔬菜，小楼顶看见

彩云，我看着你采摘

拍下人间的瞬间，我们交换愉快的眼神，彼此欣赏如雪花及日记

我们分别，像很快就会重逢

像月亮，在夜的掩护下静静地想你

就是在这一刻我明白了

该说了，该告诉你了

秋天叶子上的晨露，是我俩的泪

在不同的地方，不同的时空

开始相思，虫鸣下的寂寞

于是，我们忘了今天是明天

在荔波

在荔波的碧波中

你在涌动，地球上的绿宝石，闪烁着

女神的目光

在群山拥抱中，在众树拥抱中

在万花簇拥中

你是花中之冠，百鸟朝凤，你就是凤

雁鸣回荡在山谷里

向日葵的方向，阳光无限

风在扑响每一扇窗户

生命的静美越发凸显

神就在这里

你与神同在，神也是你

同样，整个心都交付于此

似森林中的一棵树

哪怕不起眼，也心甘

更不必说看了小七孔和瑶山古寨

醉在千人宴又如何？

如此纯美、友善的人们

质朴、德行与无忧的快乐感召你

马上投入其中，跳动

人生呵，不必如此辛劳

仰望星空就好

与万物一起呼吸和心跳

爱琴岛

向往爱琴岛，想象一台钢琴立于

天地间

爱神埋头在弹奏中

天下着大雨，海翻着雪潮

女神们，在空中飞来飞去

有些雾绕在她们的腰肢间，彩虹飞练

赤裸，长发，温柔的眼神

弹呵，静静地倾听

有些美好还在我们的梦中等着

也许此生无法相遇，但她就在梦中等着

和森林合唱，与万物交响

你从棺中出来

听见了爱与爱、恨与恨的低语

温州上空的云图

云海中的一朵朵云密密麻麻挤在一起

像是死去的众生复活的头颅

哦，原来她们偶然会在高空之上

相聚，一起回忆尘世

不，也许是她们在天国游梦

我想到了我的父亲母亲，想到了顾城

海子和洪烛

我也想到了屈原、李白、杜甫、白居易、苏东坡、李清照

一定有一朵云会是他或她

飞机飞速极快，我坐在舱内，却是

如此平稳，安静

驶过云层，仿佛是云和光在流动

云图的世界千变万化

比地上的大海厚些，轻些，淡些

聚在一起，又分散，也有虚幻的人生

看得见的是真实的，而落在温州

地面的时候，仿佛什么也没有发生

大海靠她听世界各地的声音

你，我，在海边慢悠悠地行走

寻觅沙滩上零零碎碎的贝壳和海花石

一片片小贝壳，像一个个小耳朵

大海靠她听世界各地的声音

她们被阳光照得发亮

像挣脱死亡之后的喜讯

躺在没有年代的细沙上。我选择了

海花石，你说你紧张甚至恐惧

这些密集的暗示

这些海花石上面像睁开了无数的眼睛

我说，这是她们在海中开出的花

是那些刻骨铭心的

永不相忘的，尘世快绝种的

北极蓝

北极冰的透明的蓝，改变了我

对蓝的印象和记忆

从未想到冰可以这么蓝，从来没看到的蓝

超越从前看过的一切蓝，有人竟然

已经去过。我还没去过

我看着图片上的蓝乘梦而往

这些鸟异常平静，到了这里

再也不想离开，这里像小说中写的

在这里一日，胜过平常日子十年

干干净净

从从容容，平平淡淡

不害怕什么，这已经是她们的家

她们较早在这里栖息

已是北极的主人，后来都是过客

爱上之后，便义无反顾

不怕冻，不怕饿，阳光只是照亮了

她们的视线，冷与热

并不重要，她们再也离不开

她们的世界，谁去都只能看看就走

不要打扰，不忍打扰

夜的长短，有时整天白整夜黑

她们清楚：无论全白或全黑

她们都知道路怎么走

家在什么地方

这些冰块是多年前飘落的雪花

从没看见，有些鸟

被掩埋在其中

冻成永恒的模样，她们明白了

生命和世界是一种什么关系

冰海里

也会有

水草，鱼群，冰凌。不用说什么

轻轻靠在一起

彼此问候，彼此取暖

没有什么风暴和苦难过不去

仔细回首，来时的路已经模糊

已经无法，也不可能再回头

落日的飞鸟，重新找到

北极光穿过的时间

亲吻了，这洁净的冰面

这北极冰的透明的蓝，一览无余

以最冷的唇，吻遍了

北极的每缕光

我该怎么抵达，我什么时候

可以抵达

什么时候，这个世界上死去的

或活着的，每个人的心都可以

像这北极冰的透明的蓝呵

时间情人

风吹过之后，树叶中有你

绽开的每一朵玫瑰中有你，如蝴蝶

从蜕变的时间中，穿过夜里的星光

翩翩起舞

成为世界记忆，永不消逝的青春

是的，我的爱只属于你

孤独与惊喜在静穆的山里，仿佛有千万

双手在抚摸我，推动我

当然我知道千万朵莲花也是你的天籁般的

呼唤，像海水潮动我的血

我的浩瀚心情

这一切啊让我甘愿做你的情人

没有条件，如月色下的蝉鸣，整个夜

整个天都在为你歌唱，为你等待

敲碎荔波小七孔的月牙和洪江的蛙鸣

一瞬间，山河摇动

你在群峰之上，高于晨雾，也高于晚霞

我的目光所到之处都有你

于是，每分每秒都显得格外璀璨和夺目

因为你无处不在啊，你呀你

唯有诗歌会告诉我一切的秘密
（后记）

我有时会陷入对生命的迷茫，诗使我走出困惑，诗歌的力量在驱动我前行，仿佛在黑暗之中，总有一颗星将我照亮。

《致里尔克》是我在阅读里尔克的传记和诗作时获得的灵感，在这本诗集中我与里尔克进行了跨越时间和空间的对话，并互相深度体验了对方的角色。它是一个诗人精神和诗学超越的尝试之作，通过《致里尔克》抒发生命不能承受之重，是心灵之爱永不放弃的坚持，是对美好世界的构建与行动的记叙。语言自由挥洒中饱含着对里尔克的致敬，是向生命致敬，是对爱的感恩与思索，是倾诉自己对世界的理解。谢谢里尔克，给予我的灵感和感动，虽然他早已不在人世，但从他的诗歌和传记中，我感受到了他的伟大和崇高，他的永恒和永生。我也坚信在灵魂和诗歌中，我和他是真正的知己，从他的一生，我仿佛看见了自己的一生。这短暂生命，唯有诗歌会告诉我一切的秘密。

《致里尔克》是我进入中年抒情诗的创作阶段所进行的创作，诗言心、言情、言爱，继续保持唯美、抒情和浪漫，也试图体现我的情诗诗学观：万物皆为我的情人，我也是万物的情人。在诗学中赋予情诗更开阔的空间。这本诗集能出版，要感谢谭五昌教授诚邀并纳入"新江西诗派书系"，这是激励，我也倍感荣幸！作为一个江西南康出生的诗人，对江西总是怀着深深的思念和爱，也为自己是江西人感到骄傲和自豪。我常常离开家乡，步入另一个故乡。我既爱原乡凤岗池孜坑村，也爱新村荔波洪江；我既爱我的亲人、友人，也爱那些读我的诗、爱我的诗的陌生人，更是把诗歌作为我今生最爱的女神。

我一直希望出一本自己和读者都满意的诗集，但愿这本就是。

雁西

2023 年 6 月 21 日